JN097081

# 爪句

TSUME-KU

## ＠天空に記す自分史

　爪句集は句集というよりは写真集である。特に本集を始め近年上梓している爪句集では、空撮パノラマ写真の天空部分に別撮りの写真を貼りつける技法を開発し用いている。これは新しい写真法としての領域を広げるものであり、このような写真集としての爪句集は、現在は広く知られていなくても、将来もっと評価を得るものだと著者は確信している。

　爪句集の写真は紙に印刷すれば1枚の写真に過ぎないけれど、インターネットを介してタブレットやスマホで360°のパノラマ写真展開が可能で、1枚の写真では納まり切らない情報を読者に伝える。これは又、紙に印刷された1枚の写真に多くの写真情報を記録させ得る方法でもあり、情報集約技法の上からも意味のあるものである。

　さて話を出版経費に移す。これまで全51集の爪句集出版で出版費用が重荷になっている。この問題を少しでも解消しようと本爪句集もクラウドファンディング（CF）支援のもとに出版と爪句集寄贈のプロジェクトを行った。CFの支援を求

めるため CF 会社が公開する HP の URL を種々の方法で知らせる事になる。しかし、公開が終わった後で CF の公開内容を HP の数枚の写真として記録しておく事を考えると、1 枚の空撮パノラマ写真に貼りつけておくのは有効な方法である。この覚え書きの最後にそのような例を載せておく。

空撮パノラマ写真をインターネットで検索するための方法としては QR コードを利用する方法がある。ここで爪句の登場である。QR コードは画像データでありそのファイル名として、QR コードで検索される一連の天空貼りつけ写真の名前付けになっていると都合が良い。しかし、そのファイル名が「爪句集第 52 集出版のための CF の HP 画像」といったものでは味気ない。ここは句形式で「CF や　自分史出版　天に貼る」とでもすると読む人を惹きつける効果を出せる（と思っている）。

空撮パノラマ写真に貼りつける別撮り写真は、ある野鳥の異なる角度から撮影したものとか散歩道で見つけた山野草等のテーマが決まっているものであれば、その内容に適した爪句は割合容易に作句できるだろう。しかし、その日に撮った別々の対象といったばらばらの写真を貼りつける場合なら、一句で共通するものを見つけるのは工

夫のしどころである。

　話は飛躍するけれど、このような写真表現全体を俳句に対応して考えるなら、俳句における約束事「季語」の役割を爪句が果たしているとこじつけて考える事もできそうである。爪句集を写真集とするならば、写真の説明があれば爪句は必要が無いとの主張も理のあるところである。しかし、約束事として、合成された1枚の写真、あるいはその写真をパノラマ表示して見る手助けのQRコードに爪句をつけるという約束事は、俳句が575の音で構成され季語を含むという約束事と対応させて、写真を俳句にQRコードの爪句を季語にして考えるのも爪句のレゾンデートルになる。

　技術の進歩は新しい表現方法を生み出す。本爪句集の新しい技術とはドローンを飛ばしての空撮技術とパノラマ写真合成技術、QRコードを介してのインターネットによるパノラマ写真検索・表示技術である。技術が高度で複雑になるにつれ、俳句のように昔から変わることのない形式になぞらえて理解し説明したい衝動に駆られる事がある。爪句を俳句の季語で説明したいのも強いて言えばその辺りの事情から来ている。

　空撮写真に別撮り写真をはめ込む技法の難点は現在のところ時間を要する点である。しかし、こ

れは撮影した写真を使い新しい写真の作品を生み出す作業ともみなせる。その作業過程で時間が使われるのだと考えると、前述の難点は作品の制作時間という有意義なものになり、その時間を無駄なものと考えずに楽しむ事ができる。一度制作した１枚の空撮写真に貼り合わせる組み写真を気分次第で後で変更することもでき、これは作品に手を加える作業となる。本爪句集に採録した写真の幾枚かはこのような作業を行った結果である。

(空撮 2023・3・19)

CF や 自分史出版 天に貼る

## 爪句@天空に記す自分史　目次

## V 書籍・論文集

## X 趣味

## XIII 受賞

## XIV 家族・闘病

（空撮 2022・4・2）

句の結社　社主が社員で　一人かな

　北海道新聞の「朝の食卓」を執筆した時は都市秘境
作家を名乗っていた。同新聞社から都市秘境の本を出
版していたので実態を表した肩書であった。一方、爪
句結社「秘境」は実態のない名前だけのもので、第
50集を出版する頃には結社名は消えた。

（空撮 2023・2・4）

記事になる　自分のなかの　歴史かな

　北海道新聞夕刊に「私のなかの歴史」という欄
があり、道新の記者がインタビュアーになり、「私」
に選ばれた人の連載記事が載る。本村龍生記者を
相手に自分史を語り2007年1月5日から31日まで
の連載となり、過去を振り返る得難い機会だった。

I　私のなかの歴史（北海道新聞夕刊連載記事）

# 第2回 ほとんど残っていない 自分史用の古い写真

(空撮 2023・2・5)

## 今でいう　コンビニ商店　生家かな

新聞連載記事に挿入する子どもの頃の古い写真がほとんど残っていないのに気付いた。カメラも持っていなかったのに加えて写真を残そうとする動機もなかった。それでも生みの親、育ての親、生活した浦河町の青木商店と店内の写真は見つけ出す。

（空撮 2023・2・6）

## 入学時 理系のレッテル 貼られたり

「私の…」記事の見出しは「目標なく就職考え入学」とある。大学卒業後の就職を漠然と考えていて、就職が良さそうな理類を選んだ。大学で何をしたいかは内心定まっていなかった。北大入学は1960年でこの年の安保闘争の洗礼も受けている。

Ⅰ 私のなかの歴史（北海道新聞夕刊連載記事）

# 第4回 楡影寮閉寮記念碑に刻んだ和製独語の「オバンケル」

(空撮 2023・2・7)

## オバンケル 和製独語や 楡影寮（ゆえい）

　北大での大学院前の４年間は、教養時代の２年間は恵迪寮で学部時代の２年間は楡影寮で過ごした。楡影寮は新しく建築された電子工学科の近くにあり、教室まで５分ほどで行けた。楡影寮ではオバンケルと和製独語で呼ばれた２名の賄い婦がいた。

(空撮 2023:2:8)

## 学問の　系譜破りて　1期生

　高度成長に合わせ北大でも新学科の増設が続いた。電気工学科から分かれて電子工学科ができ、電子の1期生となった。主任教授は松本正先生で、その弟子に鈴木道雄先生、その後に自分がいる。学問的には松本・鈴木ラインの研究を継がなかった。

I　私のなかの歴史（北海道新聞夕刊連載記事）

# 第6回 化石の技術になった「ガスレンズ」

(空撮 2023・2・9)

## 論文は残り化石化 新技術

新領域の研究に取り組むのは手探り状態でそこでオリジナリティのある研究成果を見つけ出すのは至難の技ともいえる。元々は低損失光通信技術として提唱されたガスレンズの結像研究で世界的学会誌に英語の論文を発表したが技術は化石になった。

# 第7回 カナダの留学で生活を楽しんだ2年間

(空撮 2023・2・10)

## 生活を 楽しむ思考 学びたり

修士課程修了で博士号を取得していない状態でカナダ・ケベック市にあるラバル大学に留学した。研究は加速より減速に転じた。その代わりカナダの自然の中で生活を楽しむ経験をした。日本の働くための休暇から休暇のための働きへの転換だった。

# 第8回 講義で披露してもなかなか動かなかった自作マイコン装置

(空撮 2023・2・11)

## 新技術 学生教師で 教えられ

マイコンのCPUが手にはいるようになり電波・音波ホログラフィの研究に利用できると閃きマイコン利用研究に乗り出した。専門は電波や光でコンピュータには素人で、学生達と一緒にマイコンの勉強をした。そのうち教える側になり本も執筆した。

# 第9回 サッポロバレー(札谷)の源流に位置したマイコン研

(空撮 2023・2・12)

## マイコン研 札谷源流 位置すかな

　後にサッポロバレー（札谷）として全国に喧伝される札幌IT産業の源流に北海道マイクロコンピュータ研究会が位置する。同会は1976年7月に結成され、マイクロソフトやアップル・コンピュータの創業年とも重なる。日本でも先頭を行くIT集団だった。

# 第10回 札幌商工会議所の最優秀論文に引用したハドソンとBUG

(空撮2023・2・13)

## 自著論文 異色の2社を 論述す

札幌商工会議所の公募論文で札幌のIT産業振興のモデルケースとしてハドソンとBUGを引用して論述した。これが最優秀論文となり札幌テクノパークの造成につながりBUGの社屋も建った。ハドソンはゲームメーカーとして一時全国的企業になった。

---

Ⅰ 私のなかの歴史（北海道新聞夕刊連載記事）

# 第11回 ベンチャー企業の勃興とパソコン啓蒙活動

(空撮 2023:2:14)

## パソコンの　啓蒙活動　世の流れ

　1970年代の半ばから大学の研究室から流れ出したマイコン技術が学生達によって広がり、1980年に入り札幌にベンチャー企業が雨後の筍のように現れた。後にこれらの企業の社系図も作られた。ラジオのパソコン講座も開講され講師でお手伝いした。

# 第12回 札幌情報産業集積地 テクノパークの実現

(空撮 2023・2・15)

## マイコンや IT産業 育てたり

世の中の流れに乗ると仕事は面白いほど進む。その流れを見つけるより流れを作り出す方に身を置いた。マイコン技術展開と続く札幌テクノパーク構想の下敷き論文で流れが出来てきた。1981年の札商の懸賞論文の内容が1986年には実現している。

# 第13回 札幌情報ベンチャーの核だった三浦氏の早逝と顕彰事業

(空撮 2023:2:16)

## 副賞の デジタルモアイ像残り

北大の研究室で北海道マイクロコンピュータ研究会が産声を上げた翌年1977年に「ソード札幌」が設立され、社長に故高木芳一氏、専務に故三浦幸一氏が就いた。2000年に三浦氏が早逝し、同氏を顕彰する「三浦・青木賞」が設けられ5年間続いた。

（空撮 2023・2・17）

日本から　電算交流　手を伸ばし

> 札幌と瀋陽は姉妹都市の関係で瀋陽市にある瀋陽機電学院（現瀋陽工業大学）と研究・教育交流を積極的に行った。その過程で同大学に計算機学院を創設し、日立製作所に掛け合い同社のパソコン40台の寄贈に尽力し、国慶節に専家で招待された。

# 第15回 雑誌で全国に喧伝された サッポロバレー(札谷)

(空撮 2023・2・18)

## 札谷や　メディア喧伝　認知され

　米国のシリコンバレーをもじって札幌の情報ベンチャー集積地も何とかバレーと呼ばれていた。東京のビットバレーから第2のビットバレー、北大が人材を供給するので北大バレーもあった。最終的にはサッポロバレー(札谷)に落ち着いた。

Ｉ　私のなかの歴史（北海道新聞夕刊連載記事）

# 第16回 新スタイルのIT
## 交流の場ビズカフェの誕生

(空撮 2023・2・19)

## 全国に　喧伝されて　ビジネスカフェ

JR札幌駅北口に「札幌BizCafe」が誕生したのが2000年で、この産学官の情報交換の場は全国的に有名になった。ここで「青木塾」を立ち上げ情報産業や異業種の塾生が集まり意見交換が行われた。「サッポロバレーの誕生」の上梓もこの年である。

# 第17回 研究と地域社会への貢献が評価されて相次ぐ受賞

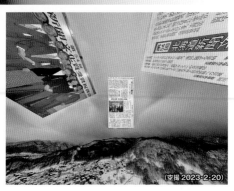

(空撮 2023·2·20)

## 終活期　賞状処分　迷うかな

何かの賞の祝賀会で、過去にその賞を受賞した先生と交換した名刺に同先生のこれまでの受賞歴が細かな文字で印刷されていたのが印象的だった。道新文化賞、道文化賞、道科学技術賞、経済産業大臣賞と受賞したけれど名刺に記す発想は出なかった。

# 第18回 アジアへのIT交流拡大を目指した「eシルクロード」

(空撮 2023.2.21)

## 新構想　アジアに拓く　e絹の道

　サッポロバレーの展開の次のステージとしてアジアの情報産業都市を結ぶIT交易路としての「eシルクロード」構想を提案し多方面の協力を得た。成都市と研究室の留学生を介して縁があったので、同市パンダ繁育センターのパンダ命名も行った。

# 第19回 道新コラム「魚眼図」
# 原稿とスケッチで自費出版

（空撮 2023・2・22）

作品を　残す努力や　自費出版

　北海道新聞のコラム「魚眼図」の執筆者でほぼ月1回のペースで書き続けた。その原稿をもとに自費出版本も何冊か上梓した。学会出席の旅先で描いたスケッチで画文集を出版している。現在は空撮パノラマ写真が趣味になり爪句集に結実している。

(空撮 2023・2・24)

## 退職や　学府卒業　謝辞を読む

　北大の修士課程を修了して直ぐに講師となり助教授、教授と北大から離れた事が無い。退職が北大卒業で新聞コラムにもそう書いた。従って在職最終日に学長を前に退職者を代表して謝辞を読んだ。卒業者総代である。写真が無いのが心残りだ。

# 第21回 大都市札幌での都市秘境探しと秘境本出版

（空撮 2023・2・27）

## 大都会 秘境探しや 面白し

　大学退職後厚別区下野幌の札幌市エレクトロニクスセンターにオフィスを構え西区西野の自宅から通った。この時札幌市庁舎に茶室があるのを耳に挟んで大都会の秘境の例にして、同様に市民には意外な場所を探して歩いた。都市秘境本も出版した。

# 第22回 「さっぽろ文庫」に
執筆した情報産業北都の未来

(空撮 2023・2・28)

札谷（さっこく）や　歴史となりて　産業史

100巻で完結した「さっぽろ文庫」最終巻「北都、その未来」は 2002年上梓で、サッポロバレー（札谷）の略史と未来への提言を執筆した。クラーク先生が残した「Boys, be ambitious」も引用した。札幌IT産業の黎明期から発展期は歴史になった。

# 第1回 研究へのあこがれと レーザ出現の頃

(空撮 2022・7・8)

## 懐かしき　研究見返し　15年

北海道マイクロコンピュータ研究会の月刊機関誌「μコンピュータの研究」の第4巻1号（1979年1月）から第7巻8号（1982年8月）まで「ホログラフィと15年」の連載を行った。毎回 A4判2ページのタイプ打ち記事で、研究を介した自分史になっている。

# 第2回 量子力学の洗礼

(空撮 2022・7・9)

洗礼受け　量子力学　学徒かな

　　研究事始めの頃量子力学の勉強に熱中した。量子力学そのものが研究に生きた事はなかったけれど、Dirac の状態と観測のブラケット表現は後に「オペレータ法による信号処理」の専門書を著す時に用いた。若い頃の量子力学の勉強は無駄ではなかった。

# 第3回 レーザ光伝播と伝送

(空撮 2022・7・10)

## レーザ光 伝播伝送 事始め

　レーザ光の出現は次に光通信技術の展開を約束していた。電気通信が電波による無線と通信線路を使った有線に分けられるようにレーザ光も空中を伝播させる無線方式と光導波による有線方式があり、レーザ光伝播と光導波の両研究に手をつけてみた。

# 第4回 ガスレンズ内の光線追跡

(空撮 2022・7・11)

数式で　追跡するや　光路（ひかりみち）

M.Born と E.Wolf 著の「Principles of Optics」の分厚い原書を読んで光学の勉強をした。その成果もありレンズ状媒質中の光線追跡で新しい公式的法則を見つけ米国の光学学会誌 JOSA に投稿した論文が採録された。自分の数学的解析力の証明だった。

# 第5回 レーザ光伝播と ガスレンズによる伝送

(空撮 2022・7・12)

## 新発見 結像作用や ガスレンズ

研究には思いがけない発見がありそれに遭遇すると新研究に繋がる。しかしそのようなチャンスは滅多にない。当時光通信のためレーザ光伝送の研究が始まりガスレンズが提唱された。レンズなので結像作用に発見的に気づき興奮し、論文も書けた。

(空撮 2022・7・13)

懐かしき　学者の名前　記事に見え

　光学は学会分類では応用物理である。研究者としての籍は電子工学でも応用物理の学会で発表したり「応用物理誌」に論文を投稿していた時期があった。東大の久保田広先生とか阪大の一岡芳樹先生の名前がこの連載記事に現れてきて懐かしい。

# 第7回 同期の桜

(空撮 2022・7・14)

半々で 幽明異にし 同期かな

「μコンピュータの研究」誌の 1979 年 7 月の記事に引用した写真に写っている 4 名の同期生のうち 2 名は鬼籍入りをしていて時間が経ったのを感じる。がんを患っている自分も後何年生きるのかと、自分史テーマの爪句集出版に拍車をかけている。

# 第8回 ホログラフィ
研究勃興の頃

(空撮 2022・7・15)

世界的　研究横目に　己が道

後にマイコンの伝道師と評される道に入り込まず、ホログラフィの研究一筋でやったとしたらこの方面の大家になり得たかと自問する時がある。優れた研究者は伝統の中で育まれるとの思いに至っている。新設の北大電子工学科にはその伝統がなかった。

# 第9回 マイクロ波ホログラフィの研究開始

(空撮 2022・7・16)

## フィルム無く　電場記録や　新工夫

光ホログラフィとのアナロジーでマイクロ波ホログラフィの研究を開始した。電波に感光するフィルムが存在せず工夫が必要だった。アンテナを二次元平面で走査し、電界強度を光強度に変換後これを開放カメラで記録して電波ホログラムを得た。

# 第10回 電波から
# 音波ホログラフィへ

(空撮 2022・7・17)

## 研究や　技能の人が　支援かな

　大学での研究は教育の要素も加わり、学生や大学院生の指導に気を配らねばならない。修士や博士課程の学生に研究テーマを与え成果が出るようにする。学生の持つ資質や技能で成果が出たり出なかったりで、優れた学生と組める先生は幸運である。

# 第11回 電波・音波ホログラムの光学的像再生実験

(空撮 2022・7・18)

## 偶然の　発見促進　新研究

　研究者には研究を飛躍的に発展させた偶然の発見に出遭う事があり、その時の興奮が研究促進剤として作用する。著者の経験例ではガスレンズが像を結ぶ事、電波・音波のホログラムを縮小して顕微鏡装置で観察した時、再生像が観察できた事である。

# 第12回 第1回音響ホログラフィ国際シンポジウム

(空撮 2022・7・19)

研究や　世界先例　自慢なり

研究者には何か自慢できる事がある。著者の場合ロサンゼルス市で開催された第1回音響ホログラフィの国際会議に、数少ない米国以外の研究者として論文を提出できた事である。出席出きればホログラフィ発明者の Gabor 先生と会えたはずである。

# 第13回 ACOUSTICAL HOLOGRAPHY Volume 1

(空揚 2022・7・20)

## 第一線　並び進めず　映像研究

音響ホログラフィの世界の先進研究を目の当たりにして、彼我の差にどうしようもない焦りを感じた。北大の教育も受け持つ環境で第一線の研究者でいようとした焦燥感でもある。次第に第一線研究者から退き研究支援者の立場に変身していった。

# 第14回 初めてもらう賞の米沢記念学術奨励賞

(空撮 2022・7・21)

年を経て　受賞の評価　変わるかな

> この回の記事を読むと「叙勲なら固く辞退したい」の文言がある。しかし、80歳の年に瑞宝中綬章を受けている。一応最初は辞退と言っていたけれど周囲がそれを許さない雰囲気だった。この齢になると周囲が喜んでくれるならそれも良しと思った。

# 第15回 第2回音響ホログラフィ
# 国際シンポジウム

(空撮 2022・7・22)

## 難関を どうにか越える 若さかな

我ながらよく頑張ったと言える国際学会への論
文準備と出席である。二度は同じような経験はした
くないけれど、この得難い経験はその後の研究生
活に益したと思っている。この最初のアメリカ旅行
や後に続くカナダ留学では言葉の壁が高かった。

# 第16回　見聞を広めた　アメリカ一人旅

(空撮 2022・7・23)

旅土産（たびみやげ）　大研究者の　写真かな

　ぽっと出の英語の通じない若い研究者を米国の著名な学者がよくぞ対応してくれたものだと今思い返すと不思議である。研究者としてのこちらの熱意が相手に伝わったのか。Lohmann 教授や Goodman 先生の写真は米国一人旅の貴重な土産となった。

# 第17回 フランス語圏の事前知識無く研究留学したLAVAL大学

（空撮 2022・7・24）

## 留学は　仏語勉強　事始め

　大学紛争から逃れるようにカナダ・ケベック市のLAVAL大学に留学した。博士号未取得でも取得者と同等の力量があると雇い主のA.Boivin教授を説得して研究員となる。家族3人の留学先がフランス語圏であるのを留学後に知る予備知識の無さである。

# 第18回 ホログラムからの計算機像再生の研究

(空撮 2022・7・25)

## 計算機 研究助っ人 有難し

　他大学の環境では、それもフランス語が全然通じない状況で技官相手に実験装置作りを始めても研究成果を得るところまで到達しない。このような状況では計算機利用が手っ取り早く LAVAL 大学では計算機像再生の研究でいくつか論文が書けた。

# 第19回 二ビーム干渉マイクロ波ホログラフィと幻の実験－1

（空撮 2022・7・26）

研究や　先駆者評価　侍（たの）むかな

光ホログラフィで画期的な技術である二ビーム干渉法をマイクロ波領域に取り込んで実験し和文と英文の論文で発表した。日本では最初の成功例で世界的にも先駆的実験だった。この実験をさらに進める事を LAVAL で行おうとして結局幻の実験となる。

# 第20回 二ビーム干渉マイクロ波
## ホログラフィと幻の実験－2

(空撮 2022・7・27)

## 貧語学 幻実験 帰結かな

外国語で研究の進展を図らねばならぬ状況では
研究者の語学習得につき考えさせられる。優れた研究
者は必ずしも語学堪能者ではない。しかしそれなり
の語学力がなければ研究を発展させられない。こ
の問題もあり留学当初の実験計画は幻となった。

(空撮 2022・7・28)

## マイコンや　アレーに生かし　新実験

　１個のアンテナを走査して電場のデータを取得する方法は時間を要する難点がある。アンテナ・アレーを用いると短時間でデータが得られる代わりにアレー素子の特性のばらつきに手を焼く。特性のばらつきの補正にマイコンを用いるアイデアが出て実験する。

# 第22回　アリゾナへの旅

(空撮 2022・7・29)

学会や　発表そこそこ　旅楽し

　カナダ留学時代にアメリカ光学会への出席で日本人研究者との交流があった。学会そのものの印象は失せている代わりに家族とのマイアミ旅行や研究者とのグランドキャニオンへのドライブ旅行の思い出が記憶に残る。人生を最も楽しんだ時期だった。

# 第23回 大自然の中での ケベックの四季

(空撮 2022・7・30)

## 大自然　生きる楽しみ　元素かな

　カナダ留学は、休暇の楽しみのために仕事をする
という哲学に馴染んだ２年間だった。この生活哲学
はカナダの大自然とカナダ人の生活に接して得られ
たものである。研究の成果は思ったようには得られ
なかったのを補って余りある留学の成果だった。

# 第24回 記憶に残る
# ケベックでの人々

(空撮 2022·7·31)

## 蘇る　半世紀前　記憶人

　　自分の80歳を超す長い人生では数多くの人々と
すれ違った。文章とか写真が残されていなければ
これらの人々は忘却の海の底だ。しかし、カナダの
2年間の留学生活のメモと写真を機関誌記事に残し
ていて、改めて読み返すと当時の人々が蘇ってくる。

# 第25回 学者が演じる
# ドラマの学位論文提出

(空撮 2022・8・1)

学舞台　学者のドラマ　学位かな

　大学では研究論文は書けと言われても企業秘密
や最近では軍事に関係するので控えよといった圧力
は学位論文作成時には無かった。しかし、学位は大
学における身分にも関わり同じ学科の先輩が未取得
なので後輩は遠慮せよ、といった圧力は経験した。

# 第26回 ゼミナールと流氷画像処理

(空撮 2022:8:2)

## 名著読み　流氷観光　エピローグ

　論文や専門書を読むのは研究者の基本の仕事である。論文は研究者が個人的に読むけれど専門書は多人数で読み進める。多人数参加となると参加者を惹きつけるように選書に頭を使う。この点 Goodman 先生のフーリエ光学の名著はゼミに適していた。

# 第27回 風呂桶での超音波ホログラフィの実験

(空撮 2022・8・3)

## 風呂桶や 水風呂入浴 装置かな

　新しい研究が始まる時には研究装置も揃っていないのをアイデアで補う事がある。水中で超音波ホログラフィの実験を行うため風呂桶を利用したのもその良い例である。カナダの留学から戻り岩崎俊君の風呂桶装置を目にして感心した事がある。

# 第28回 第5回音響ホログラフィ国際シンポジウム

(空撮 2022・8・4)

知遇得て　縁の出来たり　UCSB
（ユーシーエスビー）

> 過去が凝縮されている写真がある。音響ホログラフィ学会参加の折りサンタバーバラにあるカリフォルニア大学サンタバーバラ校（UCSB）の G.Wade 教授の研究室を見学した。帰り道、同先生とバス停の近くでのツーショット写真にも過去が詰まっている。

# 第29回 独創を誇る研究の数値的フレネル変換法

（空撮 2022・9・5）

## 独創は　数値計算　回折場（かいせつば）

光でも電波でも波動の回折場と数式表現は無限遠方ではフーリエ変換、波源と有限距離の領域ではフレネル変換で記述される。このフレネル回折場を数値的に求める方法が著者の独創的研究になっており、学生達もこの研究の洗礼を受けている。

# 第30回 ホログラフィック・レーダの研究

(空撮 2022・9・9)

元気人 逝きて写真を 探すかな

研究室のメンバーと豊平峡ダムまでサイクリングに行った時に撮った石塚滋樹君の写っているオリジナル写真を探しても見つからない。同君は電電公社（後に NTT 東）で活躍した。著者の出版記念会での写真が残っている。かなり前に亡くなったと聞く。

# 第31回 光波ホログラフィの研究

(空撮 2022・9・10)

成功は　振動避けて　夜中業

　自分も人気のない夜中に暗い部屋で電波ホログラフィのデータ収集をした経験がある。しかし、伊東則昭君の真夜中の光ホログラム作成実験には舌を巻いた。どんなに静かな環境下でも光の波長の振動がある事をこの実験で伊東君から教えられた。

(空撮 2022・9・11)

研究は 影絵作りか 超音波

アレイシステムは手間と金がかかり素子の特性のばらつきに泣かされる。大学の研究室のような人手不足と特性の揃った素子を準備できない環境では手を出すと痛い目に合う研究である。そんな状況で超音波の影絵法とホログラフィ法を実験した。

(空撮 2022・9・15)

## 水槽は 何のためかと 問われたり

電波や音波の研究は実験で利用できる空間が大きな制約となる。実験空間を狭めるためには波長を短くすればよい。しかし、超音波は波長が短くなれば水中や個体中で伝わり水槽内での実験となる。研究室に置かれた水槽は何のためかと問われた。

# 第34回 電子工学の知識を生かした電子参照波

(空撮 2022・9・19)

念仏は 論文書け書け 研究道

　研究指導者の立場になってからは学生に「論文を書け」が口癖になった。データも得られたのにどうして論文を書かないのか、否書けないのか理解に苦しむ時があった。超音波ホログラフィの研究は電子工学科から電気工学科に移る時に縁が切れた。

# 第35回 マイクロコンピュータ時代の幕開け

(空撮 2022・9・22)

## マイコンは 研究越えて 業を生み

電波や音波・超音波のホログラフィは学生達の研究と論文書きに役立った。その研究手段として利用したマイコン技術は研究を飛び越えて全国に先駆けて札幌に情報産業を勃興させ、その原動力に北大の学生達がなった。マイコン時代の幕開けである。

# 第36回 マイクロコンピュータ 組込みソナーシステム

(空撮 2022・9・25)

## マイコンや 論文逃す 優れ技

優れた技術が必ずしも研究成果としての論文にはつながらない事をマイコン組込みのソナーシステムで経験した。他方頭だけで考えた事で何編かの論文が書けたこともある。マイコン利用研究と論文作成のための研究との乖離を身を持って体験した。

Ⅱ　ホログラフィと15年（「μコンピュータの研究」連載記事）

# 第37回 幻のマラソン 優勝記

(空撮 2022・9・27)

マラソンや　幻となり　優勝記

　走るのが趣味のようになっていた時期があった。研究はこちらから学生にアクションを起こしていたけれど、走る方は学生からの挑戦があった。海外出張でもランニング観光を行い、北京の街を走っていると「日本人（リーベンレン）」が耳に入った。

(空撮 2022・7・22)

編　鐘　を　叩き古代の　楽音を聞き
ビエンゾン　　　　　　　　　　　おと

　中国科学院武漢物理所を研究交流目的で1981年11月に訪問した。その折湖北省博物館で1978年に発掘された編鐘を始めとする古代楽器を目にして「魚眼図」に書いている。石の楽器編磬を叩く物理所の韋宝鍔教授と編鐘に触れる自分の写真がある。

(空撮 2022·10·6)

終活や　コラムの記事と　野鳥撮り

散歩時に近くの林道でアカゲラを見つけ、久しぶりに野鳥の写真を撮る。ブログの光ホログラフィーの記事にコメントがあったので、昔北海道新聞のコラム「魚眼図」に執筆した電子線ホログラフィーに関する記事を探し出してきて空撮写真に貼りつける。

(空撮 2023・3・11　三角山山頂)

コロナ禍や　コロナ社重ね　自著を見る

専門書を著すに当たって文書処理システム Tex を利用したとコラム「魚眼図」に書いている。この専門書は 1996 年に上梓した「オペレータ法ディジタル信号処理」である。コロナ社からは「コンピュータグラフィックス講義」や他の教科書も出している。

# 4 どのように彫るのか今だに謎の象牙片の般若心経

(空撮 2022·6·3)

心刻の コラム現物 残りたり

台湾の花蓮市で買い求めた、象牙に彫られた般若心経の超微細文字を特殊レンズのカメラで拡大して撮る。文字が崩れる事もなく彫られている。これまた小さな西安の大雁塔の絵が象牙に彫られたものを、こちらはルーペを介しながら写真に撮る。

# 5　音沙汰の無くなって　しまった留学生

(空撮 2022・5・1)

月日経ち　どこで何する　留学生

北海道新聞夕刊のコラム「魚眼図」をまとめて何冊か自費出版本を上梓している。大きなテーマ毎にまとめ、そこに入らないものもあった。中国人留学生彭さんに関するものは出版には至らなかったけれど、追記のメモが出て来て自分史資料に残す。

# 6 未完の研究となった 「雪中・地中レーダ」

(空撮 2022・5・18)

## 砂浜で　穴掘る人や　レーダ実験

博士論文になった「電波・音波ホログラフィの研究」を研究室の研究テーマにしていた時期があった。研究を少しでも実用的な方向に向けるとレーダ・システムになる。「地中レーダ」で学生達を石狩浜まで駆り出して砂中にレーダの標的を埋め実験した。

# 7　没後に明らかになった 本田宗一郎氏の人徳

（空撮 2022・5・31）

## 人徳は　千七百に　及びたり

修士課程を 1966 年修了し講師として北大に残った。翌年「作工会」から月 1 万 5 千円の助成金を 3 年間貰い、月給 4 万円程度でこの金額は大きかった。本田宗一郎氏が出資した財団からのものと氏の没後に明らかになる。人徳は千七百余名に及んだ。

# 8　広まる事もなく消えて しまった「知力工学」

（空撮 2022・5・15）

Wits や　知力の単位　消えにけり

ウイット

　魚眼図の切り抜きをスキャンしていたら「知力工学のすすめ」（大須賀節雄監修、山本正隆編、オーム社、1992）を引用したものがあった。「知力」の単位が Wits でこれは面白いと思った事が同書の「謝辞など」に書かれている。30 年前の話である。

# 9 自分の解説記事が 理解し難くなる高齢期

(空撮 2022・5・10)

高齢や 自己の解説 理解難

　四半世紀ほどの間北海道新聞のコラム「魚眼図」を執筆していて読者の反応に接したのは数回ぐらいだ。その一つに「曲直線」に関して、面識の無い北大助教授権錫永先生のものがある。コラムに引用した「コッホ曲線」の自分の解説を読み返す。

## 10　視力の衰えを確認させられた 運転免許更新高齢者講習日

(空撮 2022・5・11)

老いの目や　日の出瞬間　目を凝らし

新聞紙面の文字が大きくなった事を引用して「魚眼図」を書く。新旧文字の紙面での大きさの比較画像がある。高齢になると紙面の文字が大きいのに越した事はない。魚眼図の記事を貼りつけた空撮日に運転免許更新の高齢者講習で視力検査があった。

（空撮 2022·6·2）

研究や　乗馬ロボット　オーム法則（そく）

道新コラム「魚眼図」で紹介した高知工科大学王碩玉教授と奥さんの宋北冬さんは共に北大で博士号を取得していて、宋さんは研究室出身である。王夫妻が著者夫妻を高知まで招待してくれた事があり、王先生の研究の乗馬ロボットに試乗している。

# 1 ガスレンズの研究で
# 研究者生活の開始

(空撮 2022・3・4)

世界初　空気レンズで　像を見る

北大電子工学専攻修士課程在学中から長い研究生活に入った。光伝送のため気体にレンズ作用を持たせたガスレンズの結像作用について新しい発見をして、成果の論文を米国電気電子学会誌に発表した。科学新聞の取材も受け研究成果が紙面を飾った。

# 2 空気レンズの結像作用を初めて確かめた研究

(空撮 2022・5・30)

## 独創は　空気レンズで　望遠鏡

気体（ガス）レンズは光ファイバーの研究開発が進む前に提案された光伝送路である。この気体レンズの結像作用を修士論文の研究にした。世界的にみてもオリジナリティのある研究で米国電気電子学会 IEEE の論文誌（1967-1）に論文が掲載された。

# 3　科学雑誌に取り上げられた音波・電波ホログラフィ研究

(空撮 2022・2・26)

## 掲載は　これが最初で　最後かな

中央公論社から出されていた科学雑誌『自然』の 1969 年 3 月号グラビアページに、当時研究を開始していた音波・電波ホログラフィの研究成果が掲載された。日本の一流の科学雑誌に取り上げられて、研究の評価は高かったと思い返している。

# 4 レーダ研究の話で思い出す 若かりし頃の研究

(空撮 2022・1・21)

## 懐かしき 電波と音波 ホログラフィ

著者の研究は目に見えない電波や音波を使って物を見る「電波・音波ホログラフィの研究」で博士論文の題目でもある。昨夕沖縄大学工学部の藤井智史教授のオンライン講義を聴き、若かりし頃の研究を思い出す。著した専門書の口絵の写真を見る。

# 5 電波とマイコンの二足草鞋の研究

（空撮 2022・5・9）

## マイコンに電波 二足の草鞋履き

電波の日（6月1日）前日に北海道新聞掲載された「ヘルツの電波」（魚眼図）にヘルツが行った電波発生を模擬した実験について書いている。大学祭でこの実験を公開した。ソード札幌の石塚洋子さんの手に「μコンピュータの研究」誌が見える。

## 6　見る方向で年号の数字が重なって見えるホログラムテレカ

(空撮 2022:7:3)

年号が　重なり見えて　ホログラフィ

サッポロテクノパーク中核施設の札幌市エレクトロニクスセンターは 1986 年に竣工。記念行事として翌年から札幌国際コンピュータグラフィックスシンポジウムが開催された。これに合わせて CG 原画のテレホンカードを作成し、新聞で報道された。

# 7 サマー・ミュージアム '89に出展のホログラム

(空撮 2023・1・8)

## ホログラム　技術展示や　美術館

　北海道立近代美術館で 1989 年夏開催された特別展「おもしろシティ・ふしぎ都市」に複製ホログラムを展示した。札幌時計台をモデルにして CG でワイヤーフレームの原画を描き、これからホログラムを作成・複製した。パンフレットと再生像を撮る。

(放送日 1986・5・28、空撮 2022・2・17)

## 研究は　書道ロボット　上達術

後にサッポロバレーと呼ばれるようになる札幌マイコン産業黎明期に NHK が北大と市内の IT 企業を二元中継で全国放送した。工学部の前庭に中継車が来て研究室の書道ロボットで番組名「にっぽん列島ただいま6時」を書いたところが放送された。

# 9 趣味を研究に生かして 博士号を取得した劉大宇君

(空撮 2022・2・9)

## 趣味の技 研究に生き 中国画

新聞の切り抜きをスキャン・データとして取り込んでいたら中国人留学生の劉大宇君が出てきた。研究に関してではなく趣味の中国画に関するものである。劉君とは国際学会でニューオーリンズまで行っている。博士号取得には苦労した記憶がある。

(空撮2022・5・12)

電脳絵　筆も絵具も　ソフトかな

　小学校でもタブレットを使用しての授業が行われている昨今、図画にもお絵かきソフトが取り入れられているのだろうか。ソフトで水彩画や油絵らしき絵を制作する研究を行っていた時期があり、筆やキャンバス地に細工を凝らし絵の制作を行った。

# 11 知的クラスター創成事業の研究成果の証となった特許証

(空撮 2022・4・30)

ため息を つけばカーソル 動くなり

「知的クラスター創成事業・札幌 IT カロッツェリア」と銘打った大型の予算が当たった事がある。札幌を中核にして道内の多くの企業と研究機関に参加してもらった。札幌の福本工業が息でマウスを操作するシステムを開発しその特許証が残る。

# 12 模範を示すつもりで 書いた単著の学会誌論文

(空撮 2022・5・13)

## 論文の 創作見せて 単著かな

　論文は理論的なものは研究者1人、多くても2、3人が著者で、実験的なものは多数の研究者の名前が並ぶ。電子透かしの研究は発想もデータ収集も自分だけで行い電子情報通信学会誌の論文は単著となる。それにしても論文の書けない研究者が多い。

# 13　空撮写真に貼りつけて
　　確かめる立体視パターン

(空撮 2022・4・5)

## 立体視　英字の見えて　講座名

　資料を整理していて細かな白黒の粒子で表現されたパターンを見つける。立体視の研究成果の名残りである。パターンを PC 画面に表示して両眼で立体視を試みると講座の略字の英文字 ACE が浮き出て見える。「いんふぉうぇいぶ」の表紙にも採用した。

# 14 年賀状に再利用の ホログラム・コピー技法

(空撮 2022・1・4)

みそとせ
30年の 後の賀状や ホログラム

　CG原画からホログラムを制作して大量にコピーする技法の研究を行っていた時代がある。1988年には北海道の鳥瞰図（札幌周辺は望遠効果を表示）1989年には利尻島の鳥瞰図をCGで制作しホログラム化している。後にこれらを年賀状に再利用する。

# 1 新聞のコラム投稿にも使用した ペンネーム「ガスレンズ」

(空撮 2022・3・13)

ガスレンズ　ペンネームにし　批評かな

日の出時刻に曇り空の下で空撮。今日も論文等の資料のデジタル化作業を続ける。ガスレンズの研究を行っていて日本物理学会誌にも解説文を書いた。本名を出したくない時この用語をペンネームにして新聞の「うそクラブ」にも残っている。

# 2 物理学の発明と文明論に 貢献をしたD.Gabor博士

(空撮2022・3・11)

ホログラフィ 発明者説く 未来かな

D.Gabor 博士が発明した Holography の最初の
論文は Nature 誌の２ページの論文で、これにより
博士はノーベル物理学賞を受賞した。第１回
Acoustical Holography 学会に論文は提出したのに
出席できず、博士とお会いする機会を逸し残念だ。

## 3 専門用語として広まらなかった「波動信号処理」

(空撮 2022・5・9)

## 著書書名 膾炙（かいしゃ）されずに 忘れられ

専門書や教科書を何冊か出版している。その中に「波動信号処理」（森北出版、1986）があり、力を注いだ本であったけれど売れなかった。口絵に電波ホログラフィの実験の様子とCG原画作成ホログラムを印刷した。光ホログラフィも解説している。

# 4 新聞に紹介された
ベンチャー企業紹介本

(空撮2022・2・18)

売れてると　紙面紹介　意外なり

北海道新聞に道内出版物に関する紹介記事が出
て「北海道ベンチュアランド企業群」（1984・8・1）
が紹介された。発行元は「知識情報処理研究振興
会」で新聞では同会の代表者が著者になっている。
この本の中国語ダイジェスト版も発行した。

# 5 マイコン技術を教えていた頃の教材と教科書

(空撮 2021・10・15)

## マイコンの 技術の記憶 残るかな

これまでやって来た事を振り返って感想文みたいなものを書かなければならなくなった。マイクロコンピュータ技術の黎明期にこの技術に関わった事が人生の大きな転換点になった。開発した教育用マイコンキットと教科書を並べ記録撮影である。

(空撮 2022・7・19)

寮歌から「紫雲書房」と出版社名かな

マイクロコンピュータ研究会の機関誌の出版から始まり、定年退職後の爪句集出版まで個人的な出版プロジェクトに費やした経費は膨大である。趣味の範疇の出版業なので出費は気にならない。出版事始めの事情を「北工会誌」(1982・2)に書いた。

# 7 自分の名前を見つけた
## 微電脳学会論文集

（空撮 2022・6・21）

## 論文見 行った事なく 厦門<sub>あもい</sub>の地

論文見 行った事なく 厦門の地

　資料を整理していたら「第2回中国微電脳応用学術会議」の論文集が出てきた。同学会の第1回目は福建省の福州市で1982年に開かれていて研究室の恩田邦夫助手と一緒に出席している。第2回は厦門大学で開催され論文提出でも記憶が曖昧である。

# 8 札幌市と瀋陽市をつなぐ 国際学会のバッジ

(空撮 2023・3・3)

学会や　バッジに残る　ロゴマーク

　瀋陽機電学院（後の瀋陽工業大学）との学術交流の過程で瀋陽市と札幌市（主に北大）の研究者が集まる第1回目の国際学会が1985年の7月に瀋陽市で開催された。学会のロゴマークも作られ論文集に印刷された。そのロゴマークのバッジが残っている。

# 9 札幌商工会議所80年史に記録された最優秀論文

（三角山空撮 2022・3・11）

## 札商史　我が名も残り　80年

　札幌商工会議所は昭和56（1981）年度の柱事業として「地域経済の自立」を掲げ、論文を公募した。これに応募して最優秀論文に選ばれ、これが契機で札幌テクノパークの開発が開始された。札商80年史にその経緯が記録され顔写真と共に残った。

# 10 自著をデザインした
オリジナル切手1

(空撮 2022・1・12)

大雪日　自著と切手を　空に貼る

　日本郵便に指定した写真等をデザインしたオリジナル切手制作サービスがある。割高だが切手として通用する。「風景印でめぐる札幌の秘境」（北海道新聞社、2009）と「爪句＠北大の四季」（共同文化社、2009）の表紙の切手を制作した事がある。

# 11 自著をデザインした オリジナル切手2

(空撮 2022.1.13)

宣伝や 都市秘境本 切手かな

　自著をデザインしたオリジナル切手がさらに見つかる。「札幌秘境100選」（マップショップ、2006）と「札幌の秘境」（北海道新聞、2009）がデザインされている。切手に消印もある。マップショップ社は北海道CMC社の子会社で両社とも今は無い。

# 12 40年前の自著論文が理解できるか試し読み

(空撮 2022・3・10)

40年後 知力は残り 自著論文
<ruby>40年<rt>よそとせ</rt></ruby>

　自著論文のデジタル化作業で論文表題の「パラドックス」が目に留まる。自分で書いた内容が40年経って理解できるものか、読んでみる。まあまあ理解できた。短い論文だけれど、査読者から戻され再検討し、採択された再受付記録が残っている。

# 1 40年前の新聞記事を桜開花宣言日の空に貼りつける

(新聞記事 1982・7・21、空撮 2022・4・23)

## 桜咲き 40年前の 記事整理

　今日（4・23）札幌の桜開花宣言が出る。庭でドローンを上げ空撮を行った写真に40年も昔の新聞記事を貼りつける。マイコンの勃興期でモンキーパンチ氏が写っている新聞広告に自分の顔とコメントが載っている。今は存在しない懐かしい企業の広告も並ぶ。

# 2　自分の名前を確認する
　40年前の「福建日報」の記事

(新聞記事 1982・9・21、空撮 2021・10・15)

40年や　セピア色濃く　中国紙
（よそとせ）

　　古い資料の廃棄処分中に、セピア色になった中
国語の新聞が出てきた。福州市で開催された第1
回中国マイクロコンピュータ応用学術会議を報じた
「福建日報」の記事で著者の名前も引用されている。
この会議には研究室の恩田邦夫助手と参加した。

### 3　国慶節招待の機会を利用しテレカに中国要人のサインをもらう

(空撮 2022・7・1)

## お宝は　要人署名　テレカかな

中国に貢献した外国人専門家として 1987 年北京で行われた国慶節の式典に招待され札幌から出向いている。瀋陽工業大学計算機学院立ち上げに際し制作したホログラムテレカに式典会場で谷牧国務委員や喬石副首相からサインをもらい道新記事で載った。

# 4 札幌市青少年科学館と共同開発した知能ロボット

(空撮 2022・2・17)

知能ロボ　何処に消えたか　科学館

自走型のロボットの写真が出てくる。このロボットの新聞記事を読むと札幌市青少年科学館にお目見えしたロボットで、声の指示を受け動作する。音声認識の部分の開発をお手伝いした。研究室名が演算工学講座になっていて懐かしい名称である。

# 5 全国誌の論評に引用された
　　サッポロバレー

(空撮 2022・3・9)

論評に　我が名見つけて　空に貼る

　全道が晴れマークで埋まる良い天気なのに朝散歩しただけで家で資料のデジタル化の作業を続ける。意味のないことをやっているようにも思える。自分の名前が引用されている「週刊文春」(2001・2・22)の猪瀬直樹氏の論評を今日の天空に貼る。

# 6　聞き取りに応じた10年間に わたる大事業の道史編さん

(空撮 2022・4・1)

80歳や 10年の事業 見果てたき
（やそとせ）（ととせ）

北海道は道史編さん事業に取り組んでいる。10年がかりの大事業のようでIT産業に関して著者も聞き取り調査に対応した。道のホームページでIT産業の節に「サッポロバレーの誕生」の文献が挙げられている。「社系図」の用語も引用されている。

## 7 北海道の産業史になった北海道マイクロコンピュータ研究会

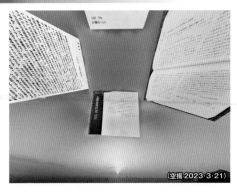

(空撮) 2023·3·21

春分に　届く道史や　巻頭言

北海道は北海道命名150年の節目を機に北海道史を編さん中である。刊行予定全8冊の初刊となる『北海道現代史　資料編2（産業・経済）』が届く。北海道マイクロコンピュータ研究会の機関誌「μコンピュータの研究」創刊号の巻頭言が採録された。

(空撮 2022・4・16)

## デジタル化　紙面分割　貼る月夜

　自分に関係する新聞記事の切り抜きをスキャナー
で取り込もうとして難問に直面する。スキャナーが
最大 A4 の大きさにしか対応していないので新聞紙
面1面は分割せざるを得ない。夕刊讀賣新聞の紙
面を5分割して読み込みつなぎ合わせを試みる。

(空撮 2022·4·3)

## 札谷史　プレーボーイ誌 記事を借り

　サッポロバレー（札谷）を振り返るような講演を
頼まれ、最近の新聞記事とプレーボーイ誌に取り
上げられた 2000 年当時の最盛期の様子を並べて話
そうかとスライド作りをしている。空撮写真だと 1
スライドに複数枚の写真を表示でき便利である。

（空撮2022・4・27）

天空を　フォルダーにして　記事整理

　空撮写真の天空部分に６頁の雑誌記事を貼りつけてみる。ブログの見出し写真をクリックして全球パノラマ写真にして読むと１枚の写真で読む事ができる。記事の整理と表示に有効な方法であると再確認する。記事の写真の人々を思い出している。

## 11 ビー・ユー・ジー社のシンボルだった「オンファロス」

(道新朝刊 2013・10・25、空撮 2023・2・9)

オンファロス　風景社印　未刊かな

　道新朝刊に「『オンファロス』モエレ沼に」の見出し記事が出た。イサム・ノグチの蹲い状の作品「オンファロス」が、持ち主の服部裕之ビー・ユー・ジー前社長からモエレ沼公園に寄贈される。同彫刻をデザインした風景社印の本は未刊で終わった。

# 12 読む練習をした記憶の ある退職時の謝辞

(空撮 2022・4・25)

## 北大の これが卒業 謝辞を読む

資料を整理していたら北大時報（2005年4月）が出てきた。北大を定年退職するに当たって永年勤続者表彰者を代表して謝辞を述べている写真がある。推敲した謝辞も載っている。学生時代も就職先も北大で、同大で人生の大方を終えてOBとなった。

# 13 久しぶりに受けた新聞 インタビュー記事

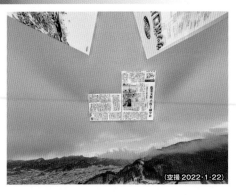

(空撮 2022・1・22)

## サッポロバレー 記事に見つけて 著作貼る

　道新朝刊に本庄彩芳記者の札幌と福岡の経済比較論考の記事が出る。同記者にサッポロバレー勃興当時の状況に関しインタビューを受け、北大に写真を撮りに行っていたので興味深く読む。サッポロバレーを取り上げた著作を本日の空撮写真に貼る。

# 14 北海道新聞の記事になった 爪句集第50集出版

写真と俳句 14年かけ50集目

(新聞記事2022・4・14、空撮2022・4・14)

取材記事 ドローンも写り 爪句集

北海道新聞朝刊に爪句集第50集の出版関連記事が載る。高田かすみ記者の署名記事である。同記者は取材で3日前に我が家に来ていて、その時ドローンを室内で飛ばしてパノラマ写真を撮った。寄贈の申し込み問い合わせのメールが4件ほどあった。

# 1 Sensei(先生)の
## 敬称入りのサイン本

(空撮 2023.2.11)

今は亡き　教授のサイン　残りたり

　スキャナーで写真データを取り込む作業。1988年の国際 CG シンポジウムに MIT の Stephen Benton 教授を招待した時、同教授からサイン入りのメディア・ラボの著書を頂いた。CG ホログラムの研究をしていて同教授の講演は刺激的であった。

# 2 黒子役で設立した
日中合弁企業

(空撮2022・2・10)

## 4Sと　名付け創業　黒子役

　中国瀋陽市と札幌市の大学・企業連携の合弁企業立ち上げに関わった。企業名の「4S技術開発有限公司」のSは瀋陽、札幌、システム、ソフトウェアの頭文字を採っている。瀋陽市での開業式には板垣武四札幌市長、武迪生瀋陽市長が出席した。

# 3 マイコン時代を先導した 手作りコンピュータ

(空撮 2022・4・9)

## 手作りの マイコン開く 新時代

　北海道新聞の1978年元日の特集紙面に「マイコンピュートピア」の言葉でマイコンが実現する未来社会が語られている。研究室のマイコン研究の写真も掲載された。北海道マイクロコンピュータ研究会で手作りマイコンを開発し教科書も出版した。

# 4　マイコンの記憶装置に用いられたカセットテープ

(空撮 2022・5・22)

*磁気記憶 規格に冠され サッポロシティ*

　マイクロコンピュータ（マイコン）が出現した初期の頃、マイコンの外部記憶装置としてカセットテープが用いられた時期があった。そのデータ転送規格としてアメリカを参考にサッポロ・シティ・スタンダードを道庁勤務の千葉憲昭氏が提唱した。

(空撮 2022・2・8)

大雪や　ビズカフェ標語　見つけ出し

　札幌は大雪による交通障害が深刻と新聞やテレビの報道。自宅の窓も雪で埋まりそうな状況で、窓際に札幌 bizCafe の記念の盾を置いてこの状況の写真を撮る。盾には「New business from new style」の標語があり「経済界」誌の取材写真にも写る。

# 6 商標登録されたと 聞いたOroppas名

(空撮 2022·4·29)

## Sapporoを 逆さに読みて イベント名

サッポロテクノパークの中核施設として札幌市エレクトロニクスセンターが1986年に落成した。その1年後に記念の札幌国際CGシンポジウムが開催され、その流れを汲んだOroppas'95も開催された。Sapporoを逆さ読みにしたネーミングだ。

# 7 e-Silkroadの
# イベント・ポスター

(空撮 2023・2・4)

## イベントの　ロゴを名刺に　残したり

　自分が関わったイベントのポスターは処分し難い
ものがある。アジアの情報産業の盛んな都市を結
ぶ現代のシルクロードとして e-Silkroad 構想を提唱
し、2001 年に札幌市内のホテルを会場にイベント
が開催された。ポスターのロゴを名刺に残した。

# 8 サッポロバレーの歴史の証人のホログラムテレカ

(空撮 2019·9·1)

テレカ見る　サッポロバレーの　歴史かな

　明日に迫った叙勲祝賀会の講演スライド作り。札幌テクノパークの空撮写真に「広報さっぽろ」(2001)に掲載のサッポロバレーの源流の記事や札幌市エレクトロニクスセンターの落成に合わせて作成したホログラムテレカを探し出して天空に貼りつける。

# 9 ビックカメラ店内にあった
e-Silkroadの象徴空間

(空撮 2022.2.24)

## 雪止みて　空に掲げる　カフェ写真

　大雪は収まって雪かきから解放された朝を迎える。空撮写真には厚い積雪の街並みが写る。新聞記事と写真を整理していて、ビックカメラの札幌進出時に開店した e-Silkroad Café の写真を探し出す。店内に e-Silkroad の説明の大パネルが飾られていた。

# 10 札幌テクノパーク 30周年記念パーティー

(パノラマ写真 2016・12・12)

財団や 強者どもが 夢つなぎ

秋元札幌市長、町田副市長を始めフォーラムでのパネリストを前に懇親会の乾杯の発声時に、30年前の札幌テクノパークの生い立ちの頃の昔話。話す事は多々あったが適当に切り上げる。主催者の「さっぽろ産業振興財団」への一句で締める。

# 11 叙勲祝賀会での
# サッポロバレーの回顧

(空撮2017・10・14)

## 半世紀 彼此岸挟み 創業者

　今月末に予定の著者の叙勲の祝賀会でサッポロ
バレーの回顧のような講演をする。そのため札幌テ
クノパークの空撮写真に旧ビー・ユー・ジー創業
者の故服部氏、木村氏、村田氏、若生氏に現社長
川島氏、出席予定者の梅沢氏、北田氏の写真を貼る。

(空撮 2021・7・13)

ドローン下の　社屋に展示　マイコン機

当時南幌町にあった北海道電気技術サービス㈱と
研究室で共同研究を行って強電の多相交流のベクト
ル図をマイコンで表示する装置を 1980 年の電気学
会全国大会で発表した。同社は装置の製品化を行い
1983 年の米国電気電子学会広報誌に宣伝を載せた。

# 1　CSパンダの会と　命名パンダ・カレンダー

(空撮 2021・12・9)

曄友は　日華の字を入れ　名付けたり
（イエヨウ）

　中国成都市の大熊猫（パンダ）繁育研究基地との交流を基にした「CS（Chengdu-Sapporo）パンダの会」を立ち上げた。同研究基地で生まれたパンダに命名権料を支払って「曄友（イエヨウ）」と名付けたパンダの成長の記録をカレンダーにしている。

## 2　命名パンダ対面を目的にした中国・四川省旅行

(空撮 2022・3・29)

里親になりて　旅した　パンダ里

久しぶりに太陽が山の稜線から昇ってくるところを空撮する。資料や写真のデジタル化の作業を続けていて CS パンダの会の里親証明書が出てくる。里親達と一緒に、命名したパンダの生まれた成都市大熊猫繁育研究基地や黄龍・九寨溝を旅行した。

# 3 旭川市でお披露目の成都市の ジャイアント・パンダ

（空撮 2022・5・28）

お披露目や　成都のパンダ　写真展

　旭川市科学館サイパルで「ジャイアント・パンダ写真展」を行った。写真展に至る詳しい経緯はよく覚えておらず、2006年4月であったのは記録にある。前年の11月に北海道新聞の「ひと」欄でパンダの成長を見守る会の創立に関して紹介された。

## 4 新聞記事に残るパンダが<br>つなぐ日中友好の懸け橋

(空撮 2022・2・1)

## 元気人 パンダ懸け橋 築くなり

「CSパンダの会」を立ち上げてパンダを介して成都市（Chengdu）と札幌市の交流を推進した時代があった。北海道新聞へ広告記事を載せた事もある。ビー・ユー・ジー社の故服部裕之社長と成都市の華日東升社莫軻軻社長との鼎談記事を読み返す。

# 5 使う機会のなかった「知識情報処理研究振興会」印

(空撮 2022.1.26)

## 会印や 使う事なく 眠りたり

「知識情報処理研究振興会」を立ち上げ会誌「いんふぉうえいぶ」を発行していた時代があった。会誌は 1984 年 3 月の創刊号から 1995 年 4 月の通巻 45 号まで続き毎号の巻頭言を書いた。立派な印材に彫られた会印も残っていて、創刊号の表紙に押してみる。

# 6 パノラマ写真が案内役になる将来のアートツーリズム

(空撮 2022・3・19)

## 案内は パノラマ写真 アート旅

北海道が推進するアートツーリズムに関連し、道の予算で「北海道アートマップ」が制作された。その編集検討委員会の座長を務めて、普通の写真に代えてパノラマ写真を取り入れたらよいと思った。これは実現されず後に数例を自分で撮影した。

# 7 師走で御用済みにする
## 思い出のカレンダー

(空撮 2022・12・16)

思い出の　暦を捨てて　師走かな

12月も後半に入り、来年の予定を書き込むため今年のカレンダーは御用済みとなる。西区のSDGsフォトコンテストカレンダーも雑紙にまとめた。三角山の山頂でドローンを飛ばして撮影した写真がコンテストで入賞した思い出のあるカレンダーだ。

# 8　爪句集第47集出版に向けた
## クラウドファンディング

(空撮 2021・3・1)

曇り日や　CF開始　弥生月

　3月が始まるのを期して「爪句集第47集制作＆
寄贈プロジェクト」クラウドファンディング（CF）
を公開。景観の空撮パノラマ写真の天空部分に別
撮りの野鳥を貼りつけた写真200枚を揃えて爪句集
として出版の予定で、爪句集寄贈も計画している。

# 9 爪句集全50巻も宣伝する
自家製カレンダー

(空撮 2022・11・29)

爪句集　暦の表紙　飾るかな

　朝から荒れた天気で風が強い。その中で庭でドローンを飛ばし空撮を行う。「2023年空撮パノラマ写真カレンダー」の制作プロジェクトに関するクラウドファンディング募集は残り2日となり、これまで14人の支援者がいて10万円の目標額を超えた。

# 10 CF返礼品郵送に利用する切手のコレクション

(空撮 2022・11・4)

暦乗せ 計る重さや 返礼品

クラウドファンディング返礼品のカレンダーの郵送を行っている。切手不足で戻って来ないように秤で重さのチェックをする。終活が頭にあり蒐集した切手を手あたり次第貼りつける。撮影したチゴハヤブサやエゾライチョウの自家製切手もある。

# 1 文革後でスローガンが溢れていた中国

（空撮 2023·3·7）

延安の　スケッチ残りて　初訪中

文化大革命が終息して間もない1978年に友好訪中団に加わり2週間の中国旅行を行った。当時個人旅行は許されず団体旅行で、北京、延安、西安、洛陽を訪問した。現在の中国からは想像もつかない世界を体験して後に中国に関わるきっかけになった。

(空撮 2022・7・10)

天壇や　日本人耳に　ランニング

リーベンレン

　初めて中国を訪れたのは文化大革命が終息して間もない頃の1978年の4月から5月にかけてである。この時の旅行記を北大工学部機関誌の「北工会誌」に書いている。中国各地でランニング観光を行っていて北京では宿泊ホテルから天壇まで走った。

# 3  値切った思い出の残る
## インドネシア旅行の土産品

(空撮 2021・6・13)

これ「いくら」値切った成果を　処分かな

　人は程度の差はあっても物を貯めこむ動物である。若い時には貯め込んだ物はさほど気にならないけれど終活期には処分の問題がある。魚眼図の記事に関連し、インドネシア旅行で買い求めたものを写真に撮ってブログに載せ処分の前処理である。

# 4 ウイグル文字で
## 彫ってもらった印鑑

(空撮 2023・2・5)

印鑑に　名前を彫りて　ウイグル語

　　自分の名前が彫られた印鑑は処分するのに抵抗
感が強く結局手もとに残る。天山北路のウルムチ
旅行でトルファンのバザールで入手したウイグル
語で彫られた自分の名前（音）の印鑑がある。自
費出版の「海外お国事情」(2004)にも書いている。

# 5 ノーベル賞受賞者の サイン入りテレカ

(空撮 2022・1・29)

お宝や　ノーベル賞者の　サインかな

　ホログラム印刷の自家製テレカに著名人のサインをもらっている。ノーベル物理学賞の江崎玲於奈博士には米国先端産業集積地調査団がニューヨーク州のIBMワトソン研究所訪問時にお会いした。散逸理論で化学賞のイリア・プリゴジン教授のもある。

# 6 中国新疆大学訪問と
　　西遊記テーマパーク見物

(空撮 2022・2・4)

西遊記　火炎山の地　草木なし

　　中国の人権問題で揺れている新疆ウイグル自治
区の烏魯木斉市にある新疆大学（新大）を 1993 年
5 月に訪問している。新大のウスル教授が招待者で、
同大で講演後トルファンまで足を延ばした。途中西
遊記のテーマパークに立ち寄り拾った石が残る。

(空撮 2022・4・26)

## 天の斧 大地を削り 奇観かな

　文章にして公表したものにバグがあるとがっくりくることがある。北海道新聞夕刊のコラム「魚眼図」の執筆者だった頃「天府沙宮」が掲載され、その後パンフレットが出て来て「天斧沙宮」だったのを知る。蘭州交通代大学の邱沢陽教授と訪れた。

(空撮 2022・7・7)

北大の　大志のかけら　国を越え

札幌市と瀋陽市が友好都市となって 10 年目の
1990 年に、札幌から訪問団が瀋陽を訪れている。新
聞や翌年発行された「札幌―瀋陽　10 年のあゆみ」
に瀋陽工業大学に寄贈した「大志文庫」も取り上げ
られた。日本語の本は学生達に読まれただろうか。

# 9　顧問教授の聘書を受け取った思い出のある黒竜江大学

（空撮 2022・7・4）

## 聘書（へいしょ）から　20年（ふたとせ）経ちて　知事訪問

黒竜江省の省都ハルピンにある黒竜江大学から留学の洪海氏が研究室で博士号を取得して帰国、帰国後同大学内に黒大イーストという会社を立ち上げた。2006年に北海道と黒竜江省友好関係20周年で高橋はるみ知事らが同市訪問時に同社を視察した。

# 10 インドネシアでの 手作りマイコン教室

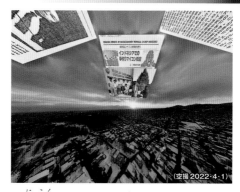

(空撮 2022・4・1)

尼国（にこく）にて　手作り伝授　微電脳

写真や資料をデジタル化して残しておいても後々それを見るのは本人だけだろう。ブログ記事として残しても写真やテキストそのものだけなら誰も見ない。空撮写真に貼り込むと写真鑑賞のついでに見てもらえるか。インドネシア旅行の資料で試す。

# 11 メキシコ・テオティワカンの月のピラミッドの石

(空撮 2021・10・19)

月の石　処分迷いて　写真撮る

　観光地を訪れた時に拾ってきた石が残っていてどう処分したらよいものか思案中である。ただの石ころであるけれど旅した本人には思い出の品である。メキシコ・テオティワカンの月のピラミッドで拾った石には 1994 年 4 月 2 日の日付けが記されている。

# 12 頭を悩ます海外旅行で 拾った石の処分

(空撮 2023・1・29)

自分史に　残そうと撮る　拾い石

　日の出時刻は6時56分頃になっている。朝食後にベランダに出て空撮。朝食を用意する家人から落ち着かなくて困るとクレームが出るので、朝食時間をずらす事を考える。海外旅行で拾った石をその時に描いたスケッチと並べて撮り空撮写真に貼る。

（空撮 2023・3・2）

## ４本の　柱3本　イリュージョン

　サルデーニャ島の南端に近いところにあるノーラの遺跡を見に行く。海に突き出た岬にローマ時代の遺跡がある。パノラマ写真では重なって３本にしか見えない遺跡の４柱をグーグル地図で見つける。地図と対応して近くにモザイク画の床も見える。

(空撮 2022・3・22)

桂林や　オオサンショウウオ　味や如何

朝は天気予報通りに晴れていたがそのうち雪になり天気予報は外れる。写真の整理を行い秦皇島市で開催された学会の後に桂林まで足を延ばし漓江下りの写真を見つけ出す。屋台で蛇の生血を勧められたり、オオサンショウウオの食材を見たりした。

# 1 日中の新聞に取り上げられたスケッチ展

(空撮 2022・2・5)

我がスケッチ　長春晩報　紙面載る

　吉林省長春市の図書館を会場にしてスケッチ展を行った事がある。2006年1月に同市で第12回世界冬の都市市長会議か開催され「冬の都市フォーラム」関連行事で講演した。これに合わせて研究室の卒業生劉学軍君の手配もあり展覧会が実現した。

## 2　昔の印刷方法で使われた 年賀状印刷用鉛版

(空撮 2022・1・24)

鉛板や　四十年後に　廃棄かな
<small>えんばん　　よそとせ</small>

　年賀状に自分のスケッチを印刷し始めたのが1979年からで新聞掲載のスケッチを選んだ。印刷会社にスケッチを渡すとこれから鉛版が製作されて印刷が行われる。印刷が終わった鉛版を記念用に取っておいたものを40年以上経ってから廃棄処分にする。

# 3 切手にあるLaval大学の紋章を古い写真で探す

(空撮 2022・6・9)

## 構内に 切手の紋章 探したり

　資料等の整理では記憶にないものが出てきたりする。20代の終わりから30代の初めの2年間留学していたカナダ・ケベック州のLaval大学をデザインした切手シールが見つかった。留学中に撮った大学構内の写真を探し出し記憶を呼び覚ます。

# 4　思い出がスケッチと写真で残る国慶節招待旅行

(空撮 2022・7・8)

## 国慶節　思い出消えず　絵と写真

外国人専門家として中国に貢献した事で国慶節に招待され1987年の9月から10月に北京と瀋陽を旅行した。ホスト役の谷牧中国国務院委員との記念撮影や夜の宴会に出席。10月1日は八達嶺長城の見学でスケッチ。瀋陽工業大学の祝賀会もあった。

(空撮 2021・11・23)

天空を　会場にして　油彩展

　油絵を趣味にしている人は、終活期に入って膨
大な作品を処分するのに困っているのではと他人
事ながら心配だ。素人の絵ならば引き取ってくれる
施設もほとんどないだろう。自分の場合は少しの作
品をスライドで残し空撮写真に貼り実物は捨てる。

X　趣味

(空撮2021·6·2)

探鳥や　フクロウ見つけ　ホテル前

　　北海道シマフクロウの会会長横内龍三氏より出
版されたばかりの著書「羽ばたけ！シマフクロウ」
が送られてくる。コラムの一つ「街中に佇むフク
ロウたち」の札幌アスペンホテル玄関前の彫刻は、
自著の「爪句@彫刻のある風景」にも載せている。

# 7 「伊藤組100年記念基金」の様子を記録した爪句集

(空撮 2022・5・17)

## 爪句集 「基金」の記録 残すかな

「伊藤組100年記念基金」は1993年に設立されていて今年で29年目を迎える。設立当初から評議員を務め古顔になっている。2021年度の基金の助成を受けて爪句集第50集を出版し、図書施設等に全50巻の寄贈を行った。会議の議事録に記録が残る。

（空撮 2022・1・11）

風景印　ゾロ目ゲットで　残るかな

札幌市内の全郵便局を巡って風景印を集め「風景
印でめぐる札幌の秘境」（北海道新聞、2009）を出
版した。切手に押してもらう風景印でゾロ目や続き
番号の日付けのものが残っている。自著のデザイン
切手に平成22年2月22日のゾロ目の消印がある。

# 9 マスコミへの名前露出で客員教授として大学へ貢献

(空撮 2022・4・19)

大学の　宣伝寄与か　爪句集

北海道新聞に爪句集第50集出版と希望施設に全50巻寄贈の記事（2022年4月14日）が掲載され札幌市の「菊の里まちづくりセンター」と「もいわ地区センター」から寄贈希望の申し込みがあった。両施設から寄贈本が収まった写真が送られて来た。

# 10　新しい趣味の可能性を示唆するレーザ彫刻

(空撮 2021・12・14)

## レーザ光　描く用具や　新工芸

　学会でニューオーリンズを訪れた時ジャクソン広場で描いたスケッチをデータにしてレーザ彫刻を行う。このスケッチは絵画を立体的に表現する技法の開発研究でも用いており、新聞にも紹介されている。スケッチから遠ざかって随分月日が経つ。

# 11 著者の講義を聴いた卒業生の記者から受けるインタビュー

(空撮 2020・3・14)

## 明けの空　興味深人　記事を貼る

道新朝刊の「興味深人」の欄に爪句集に関連したインタビュー記事。インタビュアーは著者の北大での講義を聴いたことがある塚崎英輝記者である。新型肺炎や株価暴落の暗い記事が並んでいるのを見て、今朝の庭の空撮パノラマ写真に記事を貼り込む。

（空撮 2022・9・10）

宮殿を　描いた思い出　虹に乗せ

　エリザベス女王が８日死去。女王の死の直前、二重の虹がバッキンガム宮殿上空に現れ、SNSで話題になっている。バッキンガム宮殿は英国訪問時に門のところからスケッチした思い出がある。今朝は好天で日の出の空撮にこのスケッチを貼りつける。

# 1 叙勲祝賀会講演の 回顧スライド作り

（空撮 2021・11・29）

思い出す　あの日あの人　祝賀会

日の出時に庭に出て空撮。サッポロバレーの回顧のスライドを天空に貼りつける。あの日のあの人の写真が次々に出てきて収拾がつかなくなる。なるべく明日の祝賀会に顔を出してくれそうな人を選ぶ。スライドに取り込めなかった人が気になる。

## 2　悩ましい
　　サイン本の処理

(空撮2022・1・25)

古本や　処分できずに　サインかな

　終活で本や資料の断捨離をしようと思っていて少しは手をつけるけれど進まない。著者のサイン入り本になると古本屋に売るのも捨てるのも躊躇する。ノーベル物理学受賞者の江崎玲於奈博士のサイン本は値打ち物だと考えると益々処分できない。

## 3 留学生に貰った木彫り動物を 40年後に推定する

(空撮 2022・6・10)

四十年後　ジャガーと推定　木彫りかな

　頂いてからピアノの上に飾られている素朴な動物の木彫りがある。贈り主はアルゼンチンからの留学生帰山カルロス君である。動物が何であるか聞きそびれたがジャガーのようである。同君が留学中にフォークランド紛争があり新聞にも取り上げられた。

# 4 カムイミンタラ誌上で
## 出会う知人たち

（空撮 2022・3・17）

知人たち　カムイミンタラ　出会うかな

「りんゆう観光」は「カムイミンタラ」誌を発行
している。カムイミンタラとはアイヌ語で「神々
の遊ぶ庭」を意味し大雪山を指す。「ずいそう」
欄に小文が掲載され、挿絵は版画家の宝賀寿子さ
ん。ビー・ユー・ジーの特集号には知人たちが並ぶ。

# 5 鬼籍に入った座談会
## 参加の知人たち

(空撮 2022・9・20)

## 古雑誌 語る面々 鬼籍人（きせきびと）

　台風14号が本道に近づいているせいで曇り空の風のある朝となる。終活の整理を行っていると1983年の週刊朝日6・5号が出てくる。北海道特集号で座談会の記事がある。座談した他の方々は石黒直文氏を始め全員鬼籍の人となって時の流れを感じる。

(空撮 2022・5・2)

## 交流に 二の足踏みて 郷里高

浦河高校から北大に入学した。浦高からの北大入
学者は大した秀才でも、札幌の高校なら成績が良い
程度だろう。「さっぽろ浦高会」が設立され、会誌
に浦高出身者で大学の先生達が登場する。北大の
飯塚敏彦教授、天使大の小林則子教授らと並ぶ。

# 7 童話写真集も出版していた光工学者

(空撮 2023・1・20)

懐かしき 過去を繋ぎて ブログ記事

岩崎俊君のブログのコメント欄にトロント大学飯塚啓吾先生の童話写真集について書き込む。早速その著作がブログに載ったので記録も兼ねてブログ記事を拝借。拙著爪句集や岩崎君の句集の記事も並べる。共同文化社の出版展のカタログも載せる。

(空撮2022・8・17)

訃報見て　四十年（よそとせ）記憶　駆け巡り

　道新に石黒直文氏の訃報が載る。同氏は1981年の札幌商工会議所の懸賞論文の審査員で、著者は最優秀論文に選ばれた。1986年の米国先端産業地の視察旅行でもご一緒した。長く「無名会」を主宰し、2021年に瑞宝中綬章の最終伝達者になってもらった。

# 9 ぽつりぽつりと
# 消えて逝く同年世代

(空撮 2023・2・7)

元知事は　同年生まれ　訃報読む

　衆議院議長を務め元北海道知事の横路孝弘氏の訃報が北海道新聞第一面に載る。同氏との記念撮影の写真を探し出す。1980年代のもので右端にはマネジメントワーク社長で北海道ソフトウェア事業協同組合理事長の川端貞雄氏、左端に水野明氏が写る。

# 10 色紙に記名して一会の人になった研究者たち

(空撮 2023・3・11)

学会や 色紙に残る 一会人
いちえびと

　中国からの研究者の参加で 1986 年に第 2 回札幌
―瀋陽計算機応用国際学術会議を札幌で開催した。
その時の参加者の寄せ書きの色紙が出てきたので、
中国の研究者の集合写真を探し出す。ついでに学
会のパネル討論の写真も見つけて天空に貼る。

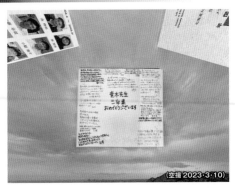

(空撮 2023・3・10)

## 学生と 共に卒業 色紙かな

資料を整理していて北大退職時の研究室の学生達の寄せ書きの色紙が出てくる。名前を見ても顔を思い出せない。研究室のメンバーの顔写真と研究成果を印刷して毎年発行していた報文集があり、退職年度のものを見返して名前と顔を一致させる。

# 12 コロナ禍で定着した オンライン勉強会

(空撮 2023・3・17)

コロナ禍や 集まり変えて オンライン

オンラインで「e シルクロード大学（eSRU）」の勉強会を主宰している。爪句集第 52 集の原稿整理を行っていて、勉強会に顔を出す面々も爪句集に記録しておきたいと、今朝の日の出の空に出席者を貼りつける。昨年暮れから今年の集まりである。

# 1 60年前の朱肉が辛うじて 使える卒業記念印鑑セット

(空撮 2022.3.3)

卒業の 記念の朱肉 生きてあり

　　北大工学部電子工学科は1960年に新設され、第1期生は1964年に卒業した。卒業記念に印鑑箱が卒業生全員に配られてそれが手元に残る。薄れた金文字の『贈　北大電子工学科第一期生卒業記念』が読める。記念写真を探し出して同期の顔を思い出す。

(空撮2022・3・26美唄市旧峰延小学校、2017・7・18旧西美唄小学校)

児童消え 霊芝（れいし）に写真 校舎埋め

　北海道霊芝を創業した尾北紀靖氏は北広島市に霊芝栽培工場を造った。道新文化センターの受講者とこの工場を訪れ、霊芝栽培の現場を見学した。同氏は西美唄小学校の閉校舎を購入し、霊芝栽培の拠点にした。同校舎に北海道鉄道写真館を開いた。

# 3 最初で最後の
## 文学フリマ札幌への出店

(空撮 2022·3·26)

ビットコイン　売り値に付けて　遊びかな

　自費出版を持ち寄り来客に売り込むフリーマーケット「文学フリマ」に一度だけ出店した。そのハガキ案内が出てきた。会場で並べたのは爪句集で、ビットコイン購入は格安の 0.001 BTC と宣伝したが売れず。現在の相場換算では約 5 千円になる。

# 4 芳名帳がなく来場者数の わからないパンダ写真展

(空撮 2022・5・25)

町施設 並ぶパンダや 写真展

資料の整理中に浦河町の広報が目に留まる。2006年3月に同町アートホールで開催した「ジャイアント・パンダ写真展」の案内が載っている。大きく引き伸ばしたパンダの写真のパネルを札幌から運び会場に飾った。写真展に合わせて講演会も行った。

# 5　1枚のスライドで紹介する「eシルクロード」

(空撮 2022・4・4)

プレゼンに　新方式や　結果如何

　　講師を頼まれている談話会で「eシルクロード」について紹介程度に話そうと考えている。空撮写真のスライド1枚に関係資料を4枚貼りつけたものをプロジェクターで映し出し説明する方法を検討している。上手くいくと資料提示の効率がよい。

# 6 誰が名付けたか不明の デジタル・モアイ像

(空撮 2022・2・14)

## 雪上に 重きブロンズ モアイ像

　　新聞の切り抜きのスキャン作業で三浦・青木賞（MAA）の記事を見つける。三浦・青木賞鼎談では当時北海道経済産業局長高橋はるみ氏の顔がある。同氏はその後北海道知事、参議院議員になった。MAAの副賞トロフィーは彫刻家國松明日香氏制作である。

# 7  講演者とカメラマンの一人二役

(パノラマ写真 2013・10・23)

## 壇上で パノラマ撮りて 講演会

　京王プラザホテルの日本臨床人材事業協会定期総会で講演を頼まれた。演題は「北海道・奥の細道～パノラマ写真と爪句（俳句）の旅」である。Wi-Fiで自分のブログに接続してパノラマ写真をスクリーンに映し出すことができてほっとしている。

## 8 張碓の青鳩（アオバト）句碑上空での空撮

<ruby>張碓<rt>はりうす</rt></ruby>

(空撮 2016・8・12)

青鳩の　句碑上で撮る　恵比須島

　張碓の海に落ちる崖のところに青鳩の句碑がある。その上空から空撮を行うと海に飛び出したような恵比須島と海岸線を走る鉄道が写る。「小樽・石狩秘境100選」にこの青鳩句碑と恵比須島の写真を載せており、その頁を空撮写真に貼りつける。

# 9　本人に代わって
# 寄贈本が母校を訪問

(空撮 2022・8・9)

## 寄贈本　代理訪問　母校かな

　母校の浦河第一中学校へ爪句集全50巻他を寄贈
した。寄贈本の写真が送られてくる。中学校は夏
休みに入っているので休み明けに生徒達の目に触
れるだろうと窓口になった先生のコメントである。
卒業してから母校を訪問した記憶が残っていない。

(空撮 2022・3・7)

改めて　撮り直したり　ホログラム

　自費出版本に利用した写真のデジタル化作業を
続け、今日は「魚眼で覗いた微電脳世界」(1990)
を終える。本は白黒印刷なので元のカラー写真を
デジタル化する。ホログラムは改めて撮り直す。「貯
蓄の日」記念のホログラム刷り込み切符もある。

# 11　自著に漏れていて新しく
制作されたと思われる風景印

(空撮 2021・7・23)

## 風景印　五輪銘板　並べ撮る

大通公園西4丁目の歩道に設置された東京五輪の銘板を撮影しに行った時、傍に大通公園前郵便局を見つける。風景印があるので捺印してもらう。自著の「風景印でめぐる札幌の秘境」(北海道新聞、2009)には収録されておらずどうしてかと考える。

（空撮 2022・7・13）

IT史　語り部詰まる　会誌かな

「北海道マイクロコンピュータ研究会」は 1976
年 7 月に会誌を発行し 1982 年 11 月号（通巻 69 号）
まで続いた。会誌全号を合本にして残してあった
ものを北海道立図書館で引き取ってもらえないか
持ち込む。館の検討の結果、蔵書として収まった。

# 1 自分の筆跡が変わってきたのを受賞自筆研究論文予稿で確認

(空撮 2022・7・5)

## 自筆跡　変化確かめ　受賞稿

電子通信学会が若手の研究者を表彰する米沢記念学術奨励賞があり 1968 年の第 3 回目に受賞した。学会発表の論文は「音波ホログラムと光学的像再生 II」で修士生塚本信夫君と鈴木道雄先生も共著者である。賞状の現物は無く写真のみが残っている。

## 2　電波の研究者として新聞に執筆した最初の記事

(空撮 2022・6・1)

雨雲や　晴れ間空撮　電波の日

　毎年6月1日は電波の日で電波に関する行事等がある。1968年の電波の日に頼まれて北海タイムス夕刊に執筆している。執筆記事が新聞に掲載された最初のものである。2002年には北海道総合通信局長から電波の日に表彰を受けその写真が残っている。

# 3 重い北海道新聞文化賞の
ブロンズ像「ジーンズ」

(空撮 2021・10・16)

像を持ち 賞の重さを 手に感じ

第54回（2000年）の北海道新聞文化賞の学術部門の受賞者に選ばれ、佐藤忠良氏制作のブロンズ像「ジーンズ」を頂いた。この像めったに触ることがないのだが、写真を撮るため動かすとかなりの重さである。紙類に比べて処分では難儀しそうだ。

# 4 使う事のない学会の
## フェローバッジ

(空撮 2022・1・17)

フェローバッジ　利用されずに　眠るかな

専門家により構成される学会にはフェロー制度がある。学会への貢献が評価されるとフェローとして認定される。フェローに認定されると認証状や盾に加えて学会のロゴをあしらったバッジが贈られる。電子情報通信学会と情報処理学会の両バッジがある。

# 5　処分方法が気になる
## 各種表彰状

(空撮 2022・4・30)

文化賞　地下室眠る　表彰状

　北大時報に北海道文化賞を受賞した記事を見つ
ける。記事は依頼され自分で書いたようである。こ
の時授与された表彰状は筆字のコピーの大きなもの
で、探したら地下室で眠っていた。表彰状に加えて
記念品があったはずなのだが何か思い出せない。

# 6 名前の代わりに思える
## 受賞記念バッジの通し番号

(空撮2022·1·16)

賞バッジ 通し番号 名に代わり

　何かの受賞で貰う記念バッジに通し番号があるものと無いものがある。2007年の札幌市産業経済功労者表彰のバッチには364と刻印されていた。2013年の北海道功労賞は155である。2021年の瑞宝中綬章にはこの通し番号はなく名無しの感じがする。

# 7 パノラマ写真を撮影する
## 叙勲者が写らない記念写真

(パノラマ写真 2021・11・30)

## 叙勲者は　カメラマンなり　祝賀会

報道の1か月後の11月30日に行われた受勲祝
賀会開始前の参加者の様子のパノラマ写真を処理
する。中本氏、福本氏、鳴海氏、山本先生、町田
札幌市副市長、阿部氏、播磨氏、高橋氏、酒井氏、
一橋氏の顔が見える。撮影中の自分がモニタに映る。

# 8 新家族然として居間に 居座る勲記と祝い花

(パノラマ写真 2021・12・3)

新家族　ポインセチアに　勲記かな

　叙勲祝賀会と爪句集出版記念会の一連のイベントが終わる。勲記も額に収まった。居間は贈られた花で占拠されている。これから礼状書き等の後始末が控えているけれど、仕事は先延ばしである。居間に加わった新メンバーのパノラマ写真を撮る。

# 9　催促したらPDFで届いた
## 瑞宝中綬章受章の感想文

(空撮 2022・6・5)

催促し　ネットで受け取る　時報かな

　叙勲に関連しコロナ禍で取り止めになっていた皇居の見学を希望するかの問い合わせが来る。諸般の事情で不参加と回答する。ついでに叙勲時に「北大時報」に感想文を提出していた件を問い合わせると昨年の11月に発行されたPDFが送られて来た。

# 10 昔の仲間と集まる
## 機会が持てた祝賀会

（空撮 2023・3・5）

名分を　設け集いて　受賞かな

爪句の第 52 集の原稿整理を行っている。受賞の
テーマで抜け落ちている賞の写真や写真を探し出
してきて快晴の 3 月 5 日の空撮写真に貼りつける。
受賞を祝って集まってくれた電子 1 期生、ビー・
ユー・ジーの創業者達、家族の顔を見返している。

# 1 フランス語を忘れてしまった娘とケベック市再訪

(空撮 2022・7・9)

三十年後 大きくなりて 我が娘
<small>み そ と せ</small>

1969 年から 71 年にかけてカナダのケベック市に大学研究者として滞在した。娘は 2 歳～3 歳で夏は一家でキャンプ旅行をした。セントローレンス川のオルレアン島で松崎氏、ヨランさん夫妻との写真もある。30 年後妻・娘とかつて住んだ場所を訪れる。

# 2 記念に残す娘と孫娘の描く漫画

(空撮 2021・9・10)

孫描く　さんかく由べエ　天にあり

　いずれは捨てられるのだろうけれど取っておきたい手描きの漫画等がある。スキャンしてデジタル化するのは良いが、紙の絵のようにすぐ見られない難点が残る。スキャン作品を空撮写真の天空の部分に貼りつける。娘と孫娘の作品展になる。

# 3 処理が難しい室内空撮
でのパノラマ写真

(空撮 2022・12・30)

空撮や　面白写真　撮り得たり

　娘一家が旭川から来る。著者の病気見舞いも兼ねてである。市立札幌病院から退院して3日目だが体調は回復している。上の孫娘の背丈が伸びている。皆で話しているうちに時間は過ぎ、一家が旭川に戻る時刻になってドローンを飛ばし集合写真を撮る。

(空撮 2022・6・6)

写真見て　偕老同穴　呟きて

　妻の誕生日に花が届く。誕生日だからと特別な
事をした事も無く、二人とも80歳の人生の終盤に
突入している。青木商店の店番やカナダ留学時代
の写真を見ると妻も若かった。孫が出来る頃は「偕
老同穴」の言葉と隣り合わせになって来ている。

# 5 天空に並べる音処理
研究者の著作物

(空撮 2023・3・9)

著作者や　音信絶えて　音の本

　専門の音処理の著作が出版される度に息子の嫁さんが息子の著作を持ってくる。こちらは音楽や楽器はほとんど興味がないのにどの遺伝子を受け継いだか息子は音処理では著作も多く評価を得ている。音の著作は多いけれど本人の音信は途絶気味だ。

# 6　異常を見つけられ　なかった簡易検診

(空撮 2022・11・19)

検診や　画廊の如き　大病院

　午前中検診のため O 病院に行く。採血、採尿され検査結果は後日郵送されてくる。血圧は測定器で自分で測定し、数値が異常と判断されると看護師が器具で測定し直す。測定器で 154/87、看護師は 121/82 である。体重は以前の 70Kg が 56Kg で激減。

# 7 胃潰瘍と診断された胃カメラ検査

(空撮 2022・11・21)

胃カメラを　飲む勇気無く　曇り空

朝1番でK胃腸科・内科を訪院。初診なので本格的な検査は明日からとなる。胃カメラ検査が予定され過去に一度受けた事があるけれど酷い経験で、できれば避けたいが贅沢を言える状況にはない。胃カメラを飲むとますます食欲が減退しそうだ。

(空撮 2022・12・21)

入院や　持ち込む機器の　篩い分け

手術入院の準備をせねばならず何を病棟に持ち
込むかを考えている。ノートPC1台にスマホかと
考えているとM教授からiPad miniの助言がある。
手術前後にこれらの機器を使う気力が残っている
のかなとは思いながら、助言を受け入れようとする。

# 9　写真撮影で記録する
## 　　初めての手術入院

（空撮 2022・12・28）

初入院　記録写真を　空に貼る

　　市立札幌病院での２泊３日の入院で撮影した写
真の整理をする。８階の病室の窓の外には北大の
キャンパスが眼下に広がりすこぶる眺望が良い。食
事は質素でそこそこのボリュームだが食欲不振で食
べ残す。手術前後の自分の姿を写真に撮っておく。

(パノラマ写真 2022・12・25)

剃毛(ていもう)や　老残の身で　初体験

　市立札幌病院は石山通を挟んで北大と接している。かつて北大の自分の研究室のあった建屋を病室の窓から探す。病室内でドローンを飛ばして室内のパノラマ写真を撮ってみる。写真の貼り合わせが上手くゆかない。剃毛という初めての体験をする。

　爪句集シリーズは毎日ブログに投稿した記事を
編集して原稿を作っている。最近のブログ記事は
1枚の空撮写真を用い、別撮りの写真数枚を空撮
写真の天空部分に貼りつける写真法を採用してい
る。爪句集第51集「爪句@空撮日記－2022」は
この写真法の写真で全ページを構成している。こ
の写真法では紙に印刷すると1枚の写真でも、写
真に添えて印刷したQRコードを読込む事で、天
空部分に貼りつけられた写真を回転・拡大して見
ることができる。豆本に印刷された、サイズの小
さな写真から多くの情報を引き出せる。これは画
像情報を集約して記録する優れた方法である、と
利用してみて実感している。

　空撮写真それ自体も、撮影日の天候や撮影場所
を俯瞰して見ることができ、静止写真であっても
スマホやパソコンの表示画面を指やマウス操作
で、詳細に見たい場所を選び、拡大して見ること
ができる。空撮パノラマ写真だけでも観賞に値す
るものであると思っている。

　最近撮影の空撮写真に古い写真を貼りつける事
で時間を飛び越える効果もある。このような写真
技術は過去の写真や印刷物を記録し表示する点で

も有効な新技術である。自分史を補強する資料や写真は、そのまま印刷して本にしても他人には読まれ（見られ）ないだろう。その点この写真貼り込み空撮写真は、写真鑑賞という視点で目に留めてもらえる可能性が大きい。このような状況で、今回自分史に焦点を当てた本集を爪句シリーズの1冊に加えて出版しようと試みた。

この写真法の難点は、技術が込み入っていて1枚の写真を得るまで時間がかかる点である。まずドローンを飛ばして空撮を行う。このドローンを飛ばす事に規制が強まってきている。以前は機体総重量200g以下のドローンはトイドローンに区分されおもちゃ扱いで、飛行規制の対象外であった。しかし、DJIのmini2（総重量199g）も2022年6月からは機体登録が義務化され、人口密集地での飛行は国土交通省からの許可が必要となった。本爪句集の空撮写真は前記mini2とDJIのSparkを利用して撮影している。国土交通省から得ている「無人航空機の飛行に係る許可・承諾書」を空撮写真に貼り込んでこの「あとがき」に印刷し、許可を得ての空撮である点を明らかにしておきたい。許可に関する書類をまとめて1枚の空撮写真に収められる例としても空撮許可書貼り込み写真を文末に載せておく。

空撮データからパノラマ写真を構成するのはそ

れ用の市販のソフトを用いている。得られた空撮写真にデジタル化した写真や画像データを貼り込むところに著者の工夫がある。しかし、その処理のために時間を要する不便さもある。サイズの小さな200枚余りの写真を使った豆本ではあるけれど、出版までに膨大な時間を費やしている。その時間はブログ記事を投稿する準備に要した時間でもある。

毎日のように空撮を行い、時間をかけて写真処理を行いブログに投稿してもコメントがほとんどない。時間をかけた作業の結果を読んで（見て）もらっているのかそうでないのか、コメントに関しては拍子抜けの毎日でもある。そこで最近急激に利用が拡大している対話型AIのChatGPTを使って爪句に対するコメントを作成してみる。コメントの内容はめちゃくちゃであっても日本語の通じるコメントが即座に返ってきて読むと面白い。肝腎の写真を除いて爪句だけへのコメントなので、将来的には写真も見てのコメント作成法も検討の対象かな、と思っている。

ChatGPTに関しては校正としても使ってみた。著者の初期段階の使い方では、校正というより元の文章を取り込んで新しい文章を作っているといった感じで、校正とはずれているようだ。しかし、明らかな誤りは訂正される例があり、Chat

GPTへの問いかけの仕方を工夫するとAI校正者として手助けしてくれそうで、今後研究を行ってその結果に期待したい。

自分史なので過去に関わった多くの方々がおられ、お名前は割愛してお礼申しあげる。ドローンの空撮に関しては北海道科学大学三橋龍一教授、写真処理を含めインターネットやパソコントラブル対応に関しては福本工業山本修知氏に日頃からお世話になっており、お礼申しあげる。出版に当たっては共同文化社の竹島正紀氏、鶴田靖代さんを始め関係者にお世話になった。校正は共同文化社元社長長江ひろみさんにも加わっていただきお礼申し上げる。爪句集出版に際していつものように後方支援をしてもらった妻にも、最後に感謝の言葉を記しておきたい。

本爪句集はACTNOW社のクラウドファンディングで支援者を募った。支援者のお名前を最後に記してお礼としたい。

## クラウドファンディング支援者のお名前
**(敬称略、支援順、カッコ内爪句集50巻寄贈先施設名)**

青木順子、三橋龍一、相澤直子、伊東則昭、岩崎俊、村田利文、大倉正治、佐藤征紀、芳賀和輝、山本修知、長江ひろみ、爪句人（星槎グループ、京都情報大学院大学）a. k、eSRU

(空撮 2023・3・6)

遂に得た　許可・承認書　天に貼る

　札幌市西区に建っている自宅は人口密集地に区分されていて、自宅敷地内上空でもドローンを飛行させるのに国土交通省からの許可が必要となる。同省の「ドローン情報基盤システム」のサイトで許可を申し込む。しかし、承認書を得るのはドローンの機体登録から始まり一筋縄ではいかない。あれこれ試行錯誤的にやってみてやっと目的完遂で、許可申請は大仕事である。

著者：青木曲直（本名由直）（1941〜）

北海道大学名誉教授、工学博士。1966 年北大大学院修士了、北大講師、助教授、教授を経て 2005 年定年退職。e シルクロード研究工房・房主（ぼうず）、私的勉強会「e シルクロード大学」を主宰。2015 年より北海道科学大学客員教授。2017 年ドローン検定 1 級取得。北大退職後の著作として「札幌秘境 100 選」（マップショップ、2006）、「小樽・石狩秘境 100 選」（共同文化社、2007）、「江別・北広島秘境 100 選」（同、2008）、「爪句@札幌&近郊百景 series1」〜「爪句@空撮日記 ─ 2022 series51」（北海道新聞社、2008 〜 2022）、「札幌の秘境」（北海道新聞社、2009）、「風景印でめぐる札幌の秘境」（北海道新聞社、2009）、「さっぽろ花散歩」（北海道新聞社、2010）。北海道新聞文化賞（2000）、北海道文化賞（2001）、北海道科学技術賞（2003）、経済産業大臣表彰（2004）、札幌市産業経済功労者表彰（2007）、北海道功労賞（2013）、瑞宝中綬章（2021）。

# ≪共同文化社　既刊≫

〔北海道豆本series〕

**1　爪句@札幌＆近郊百景**
212P（2008−1）
定価　381円＋税

**2　爪句@札幌の花と木と家**
216P（2008−4）
定価　381円＋税

**3　爪句@都市のデザイン**
220P（2008−7）
定価381円＋税

**4　爪句@北大の四季**
216P（2009−2）
定価476円＋税

**5　爪句@札幌の四季**
216P（2009−4）
定価476円＋税

**6　爪句@私の札幌秘境**
216P（2009−11）
定価476円＋税

**7　爪句@花の四季**
216P（2010−4）
定価476円＋税

**8　爪句@思い出の都市秘境**
216P（2010−10）
定価476円＋税

### 33　爪句@北科大物語り
224P（2017−10）
定価476円＋税

### 34　爪句@彫刻のある風景─札幌編
232P（2018−2）
定価476円＋税

### 35　爪句@今日の一枚─2017
224P（2018−3）
定価476円＋税

### 36　爪句@マンホールのある風景 上
232P（2018−7）
定価476円＋税

### 37　爪句@暦の記憶
232P（2018−10）
定価476円＋税

### 38　爪句@クイズ・ツーリズム
232P（2019−2）
定価476円＋税

### 39　爪句@今日の一枚─2018
232P（2019−3）
定価476円＋税

### 40　爪句@クイズ・ツーリズム─鉄道編
232P（2019−8）
定価476円＋税

**41 爪句@天空物語り**
232P（2019−12）
定価 455 円＋税

**42 爪句@今日の一枚**—2019
232P（2020−2）
定価 455 円＋税

**43 爪句@ 365 日の鳥果**
232P（2020−6）
定価 455 円＋税

**44 爪句@西野市民の森物語り**
232P（2020−8）
定価 455 円＋税

**45 爪句@クイズ・ツーリズム**—鉄道編 2
232P（2020−11）
定価 455 円＋税

**46 爪句@今日の一枚**—2020
232P（2021−3）
定価 500 円（本体 455 円＋税 10%）

**47 爪句@天空の花と鳥**
232P（2021−5）
定価 500 円（本体 455 円＋税 10%）

**48 爪句@天空のスケッチ**
232P（2021−7）
定価 500 円（本体 455 円＋税 10%）

**49 爪句@あの日あの人**
豆本　100 × 74㎜　248P
オールカラー
（青木曲直 著　2021−12）
定価500円（本体455円+税10%）

**50 爪句@今日の一枚─2021**
豆本　100 × 74㎜　232P
オールカラー
（青木曲直 著　2022−2）
定価500円（本体455円+税10%）

北海道豆本 series51

爪句
TSUME-KU
@空撮日記 ― 2022

北海道大学名誉教授
北海道科学大学客員教授 青木 曲直

**51 爪句@空撮日記 ― 2022**
豆本 100 × 74㎜ 232P
オールカラー
（青木曲直 著 2023-2）
定価500円（本体455円＋税10%）

北海道豆本　series52

**爪句@天空に記す自分史**
都市秘境100選ブログ　http://hikyou.sakura.ne.jp/v2/

2023年6月14日　初版発行

著　　者　青木曲直（本名 由直）
　　　　　aoki@esilk.org
企画・編集　eSRU 出版
発　　行　共同文化社　〒060-0033　札幌市中央区北3条東5丁目
　　　　　　　　　　　TEL011-251-8078　FAX011-232-8228
　　　　　　　　　　　http://kyodo-bunkasha.net/
印　　刷　株式会社アイワード
定　　価　500円［本体455円＋税］